PROCÈS-VERBAL

DE LA SÉANCE

DE L'ATHÉNÉE DE VAUCLUSE,

TENUE LE 16 JUIN 1810,

Pour la réception de M. le Chevalier
DE STASSART , Auditeur au Conseil
d'État , Préfet de Vaucluse , élu
Président dans la séance précédente.

(Faisant suite aux Mémoires de cette Société.)

MUSIS , ARTIBUS , ARVIS.

AVIGNON,

Chez SEGUIN FRÈRES , Imprimeurs - Libraires.

1810.

PROCÈS-VERBAL.

Le 16 juin 1810, dans une des salles de la *Bibliothèque publique d'Avignon*, présens presque tous les Membres résidans de l'Athénée, et la plupart des associés qui habitent cette ville, M. le Chevalier DE STASSART, Auditeur au Conseil d'État, Préfet de Vaucluse, étant venu prendre séance, M. RAVAN, faisant les fonctions de Vice-Président, a prononcé le Discours qui suit :

MESSIEURS,

J'AI déjà été appelé à l'honneur de porter à M. le Préfet de Vaucluse, les félicitations de l'Athénée, sur son arrivée au chef-lieu du Département, dont un Souverain, juste appréciateur du mérite et des services rendus, venait de lui remettre l'administration, le bonheur et les destinées.

Je dois aujourd'hui témoigner à un Confrère distingué par ses talens et ses connaissances littéraires, notre satisfaction de le posséder au milieu de nous, et

I.

de le voir répondre à notre vœu le plus empressé (1).
Ce jour est pour nous un jour de consolation. Nous
avions à regretter un Chef qui nous avait souvent
éclairés de ses lumières, aidés de ses conseils, et dont
notre Société avait reçu des marques réitérées de bien-
veillance. Votre présence, Monsieur, vient consoler
notre douleur; et notre perte est réparée. Nous devons
des souvenirs à votre prédécesseur, et nous les con-
serverons toujours. Ces sentimens d'estime et de reconnaissance que nous lui portons, je ne crains pas de
les manifester devant vous. Vous les partagez, Monsieur, et ils vous annoncent ceux qui vous accom-
pagneront un jour, lorsqu'une nouvelle carrière.......
Mais n'anticipons point des jours de regrets. Ne nous
occupons que du motif bien doux de notre réunion.
Sachons jouir du bien qui nous est fait.

L'Athénée de Vaucluse, Monsieur, va être placé
sous vos auspices. Les divers objets de son institution,
ceux des travaux qui occupent les Membres qui le
composent, ne vous sont point étrangers. Vous avez
cultivé les Arts, les Lettres et les Sciences. Vous avez
vécu dans le commerce des Muses. Vous leur avez
consacré vos loisirs. Lorsque d'autres soins ont occupé
vos momens tout entiers, vous avez su dérober à votre
repos ceux que vous réserviez à l'étude, et vous avez

---

(1) M. de Stassart, arrivé à Avignon le 4 mai 1810, et ins-
tallé le même jour dans ses fonctions de Préfet du département
de Vaucluse, a été élu Président de l'Athénée, dans la séance
du lendemain 5.

enrichi notre littérature d'ouvrages, trop modeste-
ment appelés du nom d'*Opuscules*, et qui intéressent
le cœur autant qu'ils charment l'esprit. Les sentimens
de la nature les plus doux, les plus purs ; le respect
pour l'âge avancé ; la tendresse paternelle et la piété
filiale ; le tendre amour, ses craintes, ses espérances ;
les inquiétudes, les alarmes de la douce amitié, qui,
comme l'amour (je me pare de vos expressions),
n'est point à l'abri de l'inconstance ; la bienfaisance
active, ses généreux sacrifices, et les dévouemens plus
généreux encore qu'elle commande ; la reconnaissance
qui en est le prix et la plus douce récompense ; la
touchante compassion, ont été pour vos pinceaux la
riche matière d'une suite de tableaux qui ravissent l'âme et l'enchantent. On les a vus, on veut
les voir encore, on ne se lasse pas de les contempler.
Ce ne sont point des fictions de l'esprit, des rêves de
l'imagination, que vous présentez au lecteur attendri :
c'est l'action de la nature et du sentiment ; ce sont des
scènes toutes plus attendrissantes les unes que les
autres, dont vous le rendez le témoin et auxquelles
il prend part. Oui ; je l'ai vu, ce père satisfait, em-
brassant ses jeunes enfans qui viennent d'acquitter la
dette de sa reconnaissance envers son ancien bienfai-
teur tombé dans l'infortune, et auxquels il recom-
mande *de conserver toujours la douce habitude de
faire du bien aux malheureux* (2)...... Je les ai enten-

_____

(2) Les petits Bienfaiteurs et la Reconnaissance, troisième
Opuscule.

dus les vœux ardens et sincères d'un père tendre qui consacre le bonheur de son fils , le jour même où l'auteur de ses jours avait assuré le sien (3)...... J'ai versé des larmes avec cette amie tendre et fidèle qui regrette , délaissée , une amie inconstante qu'elle chérit encore (4)..... Je l'ai suivi , ce vieillard généreux ; je l'ai accompagné lorsque , plein d'empressement , il allait racheter , et rendait à son voisin l'héritage dont l'avide cupidité , aidée par la chicane plus avide encore , l'avait dépouillé (5). Ainsi la médiocrité répare quelquefois les crimes de l'opulence...... Et ces jeunes amans , qui , pleins de joie, de plaisir et de reconnaissance , se jettent dans les bras de celui qui n'a retardé leur bonheur que pour le rendre plus durable , comme ils apprennent à l'âge sans expérience à se méfier de son propre cœur , *à ne point prendre pour une véritable inclination un goût passager , qui bientôt fait place à l'indifférence*, et prépare des jours de regrets , de repentir et de douleur , à celui qui ne s'était promis que des jours de bonheur , de satisfaction et de paix (6) !.... Elles retentissent encore au fond de mon cœur , les paroles de ces *remplaçans généreux* , qui , rejetant l'or qui leur est offert , s'écrient : *Nous sommes tous enfans de familles nombreuses ; c'est à nous*

---

(3) L'anniversaire de la naissance , célébré par l'Hymen ; quatrième Opuscule.

(4) L'Amie inconstante , cinquième Opuscule.

(5) Le bon Voisin , sixième Opuscule.

(6) L'Epreuve , septième Opuscule.

à remplacer nos amis que les liens du sang et les de-
voirs de la nature retiennent dans leurs foyers (7).....
Ils sont toujours présens à ma pensée, ce fils infortuné
qui pleure celui qui lui donna la vie, et ce père infirme
qui déplore la perte d'un enfant chéri, unique appui
de sa vieillesse ; je les vois confondant leurs douleurs,
mêlant leurs larmes, *verser réciproquement dans*
leurs cœurs un baume salutaire. L'un croit posséder
encore le précieux auteur de ses jours, l'autre a re-
trouvé le soutien, la consolation et l'espoir de ses der-
nières années (8). Partout ce sont des conseils à sui-
vre, des exemples à imiter, des leçons à pratiquer.

Le véritable ami des Arts, des Lettres et des Sciences, celui qui les cultive, non par ostentation et un
vain désir de gloire, mais qui s'est proposé pour but
de ses études et le progrès de l'art et l'instruction de
ses semblables, celui-là, dis-je, recherche les talens,
les encourage, excite leur émulation. Il sait combien
est difficile la carrière à parcourir avant d'arriver au
terme : il en prépare l'accès, il le rend plus doux et
plus facile ; il multiplie les secours et les ressources ;
il crée des moyens de développer, de perfectionner
les dons départis par la nature. Car l'esprit, comme
les plantes, a besoin de culture ; le goût, pour être
sûr, veut être épuré, et formé sur de bons modèles ;
l'imagination doit connaître des règles et des bornes ;

---

(7) Les Remplaçans généreux, huitième Opuscule.
(8) La Consolation réciproque, neuvième Opuscule.

le génie même , dont la nature libérale enrichit quelques mortels privilégiés , le génie est comme le marbre, qui attend ses formes du ciseau du statuaire. L'instruction et de bonnes études doivent perfectionner ces dons , et achever en quelque sorte l'ouvrage du Créateur. Aucune de ces réflexions ne vous avait échappé , Monsieur ; et les besoins de l'instruction , les soins à donner aux progrès , à l'amélioration des études , ont déjà fixé votre attention. Ce que vous avez fait pour les rétablir dans l'arrondissement qui , le premier, a eu l'avantage d'être placé sous votre administration , est un présage certain et assuré de ce que nous devons attendre et nous promettre. La ville d'Orange possédait le principal établissement d'instruction publique de tout l'arrondissement ; là , de toutes les communes, des jeunes gens venaient puiser les lumières, la science, et les principes de la morale et de la religion. Tout à coup cette école est fermée, et les parens gémissent sur le sort futur de leurs enfans. Vous arrivez , Monsieur: cet état de dénuement et d'abandon vous frappe ; votre zèle pour la religion et les bonnes mœurs , votre amour pour les sciences en sont alarmés. Vous vous occupez du remède , et l'instruction publique reprend bientôt son cours. L'école déserte est repeuplée ; cet établissement utile se relève plus brillant, et, d'une marche rapide , s'avance vers sa perfection. En remettant *l'espérance et le bonheur des familles* aux nouveaux maîtres que vous avez appelés , vous avez l'art, par l'éloge de leurs travaux passés et des succès qu'ils ont obtenus, de leur rappeler, même sans l'apparence d'un simple conseil, l'étendue et l'importance de leurs devoirs et de leurs obligations (9). Vous leur en rappelez le nombre, en leur rendant le témoignage flatteur *qu'il n'en est aucun qu'ils n'aient rempli* (10). Que seraient cependant les établissemens d'instruction publique les mieux organisés, si l'émulation ne régnait parmi les élèves qui les fréquentent ? C'est encore ici, Monsieur, un des objets de votre sollicitude et de vos soins paternels. Les récompenses récemment accordées aux élèves du Lycée d'Avignon, annoncent aux élèves de toutes les autres écoles, ce qu'ils peuvent attendre de votre munificence, lorsque leur application et leurs progrès les en rendront dignes (11).

L'Athénée n'aura pas l'ambition de vouloir s'occuper des objets de votre administration; nous en partagerons les bienfaits, et ceux d'entre nous qu'Apollon inspire, s'empresseront de les chanter. Mais, parmi ces divers objets, il en est qui, sans nous appartenir, entrent dans notre domaine. La ville d'Avignon avait

---

(9) Discours prononcé par M. de Stassart, Sous-préfet, à l'ouverture du Collége d'Orange.

(10) Discours prononcé par M. de Stassart, à la distribution des prix qu'il a accordés aux Elèves du pensionnat des Dames de la Sainte-Croix, à Orange.

(11) Le 6 juin 1810, M. le Préfet de Vaucluse a visité les classes du Lycée d'Avignon, et le lendemain 7, à la suite d'un discours latin sur le mariage de LL. MM. II. et RR., prononcé par le Professeur de rhétorique, il a distribué des prix aux Elèves qui, la veille, avaient le mieux répondu aux diverses questions qu'il leur avait faites.

perdu un établissement utile , son jardin de botanique.
Elle en a été enrichie de nouveau. Ce jardin , créé par
le concours du zèle et des soins d'un de nos confrères ,
que ses connaissances en botanique avaient désigné (12) ,
sort à peine de son enfance. Il croîtra sous vos auspices ; et je ne serai pas contredit , si je vous assure ,
que le même zèle qui l'a formé , s'appliquera à le perfectionner , et que vos soins seront encore secondés
par plusieurs autres de nos Confrères qui ont aussi
étudié la nature , cultivé et approfondi la science des
Tournefort et des *Linné*.

Il est un autre établissement public , qui n'est point
étranger aux travaux de l'Athénée , et non moins
utile aux progrès de l'agriculture que le jardin de botanique à l'art de guérir. Je parle de la pépinière dé-
partementale : elle appelle aussi votre attention. Riche
en arbres indigènes , elle demande ces arbres exoti-
ques qu'on peut naturaliser dans nos climats ; elle les
recevra de vos soins : et dans ceux que vous donnerez
à cet établissement , dont vous jugez tout l'intérêt ,
je le dis encore sans craindre d'être désavoué , vous
serez aidé et secondé par plusieurs Membres de
l'Athénée , versés dans la partie de l'économie rurale ,
qui , à une théorie éclairée , joignent une longue expérience couronnée par des succès.

Je m'arrête , Messieurs. Séduit par l'aspect d'un
avenir prospère , pressé par le besoin d'exprimer les
sentimens dont j'étais plein , j'ai dépassé les bornes

---

(12) M. Guérin fils , Docteur en médecine.

que je devais me prescrire. Mais j'ai mon excuse, dans le motif qui m'a entraîné, dans vos propres sentimens, et surtout dans votre indulgence. Je ne retarde plus l'accomplissement de vos désirs ; je me rends à votre impatience : je proclame président de l'Athénée, M. DE STASSART, élu dans notre séance du 5 mai.

Après ce Discours, M. RAVAN a cédé le fauteuil de la présidence à M. DE STASSART, qui, prenant la parole, a dit :

MESSIEURS,

LORSQUE mon imagination, jeune encore, recherchait avec enthousiasme les jeux séduisans de la Poésie ; lorsqu'un Pétrarque à la main, j'apprenais aux échos de la Meuse à répéter le nom sonore de Vaucluse, j'étais loin d'espérer qu'un jour je trouverais le bonheur et une patrie nouvelle dans l'heureux climat embelli par les eaux de cette fontaine si chère aux Muses.

Lorsqu'avide de connaître tant de productions intéressantes qui viennent des extrémités de l'Empire prouver aux Littérateurs de la Capitale que l'Hippocrène ne coule point exclusivement à Paris, je lisais et relisais ce recueil varié (a) où une philosophie douce, où une morale aimable est ornée de tous les prestiges d'une imagination brillante.

Lorsque je passais de ces charmantes *Distractions* à ces Recherches historiques (*b*), fruits des loisirs utiles d'un savant aussi recommandable par ses vertus que par ses connaissances ;

Lorsqu'ensuite je me laissais aller aux charmes de la touchante éloquence du vénérable auteur des Prônes nouveaux et du Fabuliste du premier âge (*c*) ;

Lorsqu'entraîné sur les pas d'un ami de la nature (*d*), je parcourais ces grottes, confidentes des rêveries amoureuses de l'amant de Laure ;

Lorsqu'enfin je puisais le plaisir et l'instruction dans ces Mémoires (*c*) auxquels on peut cependant faire un reproche, mais un reproche que méritent trop rarement les collections académiques, celui de n'être point assez volumineux :

J'étais loin, Messieurs, de m'attendre qu'un jour je pourrais tirer, en quelque sorte, vanité de ces ouvrages, et qu'il me serait permis de regarder comme des confrères et des amis, les hommes estimables à qui nous devons ces richesses littéraires.

En jetant les bases fondamentales de l'Athénée, le sage Administrateur, dont le nom rappelle tant de souvenirs parmi nous (*f*), a senti combien une semblable institution devait contribuer à la prospérité du département de Vaucluse.

Il a cru que dans la patrie des Mignard (*g*), des Parrocel (*h*) et des Vernet (*i*) ; dans un pays qui a vu naître un Fléchier (*k*), un Poule (*l*), un Boulogne (*m*), un Maury (*n*), un Sainte-Croix (*o*), les Arts et les Lettres devaient se réunir à l'Agriculture, pour réclamer les loisirs de tous les hommes instruits.

Musis, *Artibus*, *Arvis*. Voilà, Messieurs, votre mot de ralliement ; c'est la devise que vous avez adoptée : elle vous indique cette variété d'occupations que la variété de talens rend si nécessaire dans toute société académique.

Ne proscrivons donc aucun genre, suivons l'impulsion de la nature..... Et pourquoi condamner le Poëte à disserter froidement sur l'économie rurale, le Naturaliste à cheviller des vers galans pour Zélis ou Chloé, et le Mathématicien à déraisonner méthodiquement sur une question de littérature.

Que notre Athénée soit un temple où chaque Muse puisse venir déposer son offrande !

Tandis que Clio et Calliope célèbreront les hauts-faits de nos Crillon (*p*), de nos Brancas (*q*) et de nos Forbin (*r*), Euterpe et Érato chanteront, d'une voix plus simple et plus modeste, les mœurs des pasteurs de la Sorgue et du Toulourenc.

C'est à la patrie, Messieurs, qu'appartiennent vos veilles laborieuses ; c'est la patrie qui doit être constamment, pour vous, l'objet d'un culte littéraire !

Que la fécondité de nos champs devienne le résultat de vos profondes méditations !

Que nos paysages si pittoresques soient connus de l'étranger, et lui fassent éprouver le désir de visiter nos parages.

Que ces châteaux antiques, dont les débris imposans parlent à l'âme un langage si énergique, soient décrits avec ce charme inexprimable qui s'attache à la peinture de ces siècles grossiers, si l'on veut, et que la philosophie dédaigne, mais dont la simplesse et la bonhomie n'en commandent pas moins un respect religieux !

Que vos savans pinceaux retracent à la postérité, et présentent à sa vénération les traits de ces hommes extraordinaires, de ces génies supérieurs (s) qui ont fait la gloire de leur pays, et qui doivent éternellement servir de modèles à nos neveux !

Voilà, Messieurs, la mission qui vous est confiée.

Pour moi, livré aux épines de l'administration, je ne pourrai mêler à vos guirlandes les roses de la littérature, mais du moins je viendrai souvent applaudir à vos concerts, et chercher au milieu de vous, dans le sein des Muses et de l'Amitié, les plus douces distractions d'un travail pénible.

(a) *Mes Distractions ou Poésies diverses, par M. Hyacinthe Morel*, un vol. in-12, imprimé à Avignon, chez Me Ve Seguin, en l'an 7.

(b) Considérations sur l'origine et l'histoire ancienne du Globe ; Histoire ancienne des Saliens, etc. par M. de Fortia d'Urban.

(c) M. l'abbé Reyre.

(d) M. Guérin, secrétaire perpétuel de l'Ecole de Médecine, auteur d'une Description de la Fontaine de Vaucluse, et de plusieurs autres ouvrages intéressans.

(e) Mémoires de l'Athénée de Vaucluse, 2 vol. in-8°.

(f) M. Pelet, premier Préfet de Vaucluse, aujourd'hui Con-

seiller d'État, chargé du 2ᵉ arrondissement de la police géné‑
rale.

(g) Mignard (Pierre), peintre de la reine Marie-Thérese
d'Autriche, et chevalier du Christ, né à Avignon en 1686. Ce
n'est pas précisément le célèbre Mignard, mais il a laissé de
beaux tableaux ; la ville d'Avignon en possède plusieurs.

(h) Parrocel (Pierre), mort à Avignon en 1739, y était né
en 1664. Ses tableaux de l'histoire de Tobie, et celui de l'*Enfant Jesus couronnant la Vierge*, sont regardés comme des
chefs-d'œuvre.

(i) Vernet (Joseph), né à Avignon en 1712. Son nom qui
rappelle aux amateurs tant de chefs-d'œuvre dont se glorifie
l'Ecole française, suffit à son éloge.

(k) Fléchier (Esprit), évêque de Nîmes, orateur dont la réputation est trop classique pour qu'il soit besoin de s'étendre
davantage sur son article ; il était de Pernes, ville du Comtat
Venaissin.

(l) L'abbé Poule, prédicateur du Roi, né à Avignon en 1711,
y mourut le 8 Novembre 1781. Ses sermons ont été réunis en
deux volumes, et sont un des beaux monumens de l'éloquence
du dix-huitième siècle.

(m) Boulogne (Etienne-Antoine), ancien prédicateur du
Roi, aujourd'hui aumônier de S. M. l'Empereur, et évêque de
Troyes, est né à Avignon, le 26 décembre 1747.

(n) Le cardinal Maury, l'orateur le plus éloquent peut-être
de l'assemblée constituante, a vu le jour à Valréas le 26 juin
1746.

(o) Sainte-Croix (Guillaume-Emmanuel-Joseph-Guilhen de),
membre de l'Institut, auteur de l'Examen critique des histo-
riens d'Alexandre, et de plusieurs autres ouvrages estimés,
mourut à Paris le 11 mars 1809 ; il était né à Mormoiron le 5
janvier 1746.

(p) Le brave Crillon, le frère d'armes et l'ami d'Henri IV ;

et le duc de Crillon-Mahon, lieutenant-général des armées du Roi.

Le brave Crillon n'est point né dans le Comtat, mais la terre dont il portait le nom s'y trouve située ; et il est mort à Avignon, en 1615.

(q) Brancas (Henri de), maréchal de France, mort en 1750, était de Pernes. Son frère, archevêque d'Aix, a laissé la réputation d'un prélat digne des premiers siècles de l'église.

Plusieurs de leurs ancêtres occupent des places honorables dans les pages de notre histoire. On sait qu'Aimon de Brancas se signala, sous Charles IX, aux journées de Jarnac et de Moncontour, où il se trouvait à la tête de 4000 provençaux qu'il avait équipés à ses frais. — Jean de Brancas, baron de Cereste, combattit à côté d'Henri IV, à la bataille de Vinon, et il reçut des mains du Monarque, une épée, le plus noble prix d'une valeur héroïque.

(r) La maison de Forbin a produit des hommes distingués dans plus d'une carrière ; nous avons voulu désigner ici plus particulièrement le chevalier de Forbin, chef-d'escadre sous Louis XIV, quoiqu'il soit né à Aix en Provence.

(s) Aux personnages célèbres qui se trouvent cités dans ce Discours, on pourrait en ajouter plusieurs autres, tels que le connétable de Luynes, né à Mornas, en 1578 ; l'auteur des Commentaires sur Polybe, le chevalier de Folard, né à Avignon, le 13 février 1669, et mort, dans la même ville, le 23 mars 1752 ; le baron d'Oppède, ambassadeur à Venise sous Charles VIII ; le cardinal de Cabassoles, le protecteur et l'ami de Pétrarque ; Inguimbert, évêque de Carpentras, qui ne mérite pas moins une place dans les fastes de la science que dans ceux de l'humanité ; Artaud, évêque de Cavaillon, auteur d'un panégyrique de St. Louis, et de plusieurs discours qui ne sont dépourvus ni d'élégance ni d'onction ; Saint-Géniez, poëte latin du 17e siècle ; Joseph Meir, savant rabbin ; le marquis de Caumont, naturaliste ; l'abbé de Brancas-Villeneuve, physicien et astronome ; Saurin (Joseph), membre de l'Académie des Sciences, né à Courtéson en 1659; l'abbé de Cicéri, orateur sacré qui n'est point sans mérite; l'abbé Arnaud, homme d'esprit et de goût, membre de l'Académie française et de celle des Inscriptions et Belles-Lettres; Mme Favart, actrice célèbre par les grâces de son esprit et auteur de quelques couplets agréables qu'elle a semés dans les opéras de son mari; Balze, moins connu par sa tragédie de Coriolan que par plusieurs strophes pleines de verve et de grandes images; Sabatier de Cavaillon, poëte lyrique; Mouret, musicien distingué, etc. etc. Nous croyons que peu de Départemens offriraient une liste plus imposante.

A ce discours ont succédé différentes lectures d'ouvrages en vers, inspirés par la circonstance. M. Barthélemy, proviseur du Lycée d'Avignon, et Membre associé, a ouvert la carrière par le poëme suivant :

SONGE

D'UN ASSOCIÉ DE L'ATHÉNÉE DE VAUCLUSE.

Tout reposait dans la nature entière ;
Libres de soins, dans les bras du sommeil,
Les mortels attendaient que le char du Soleil,
En recommençant sa carrière,
Donnât le signal du réveil,
Et rendît aux objets la vie et la lumière.
Oubliant aussi mes travaux,
Exempt de toute inquiétude,
Dans ma paisible solitude
Je jouissais d'un doux repos.
Soudain une sombre vallée,
Ceinte de rocs affreux, et du monde isolée,

2.

Semble s'offrir à mes regards surpris.

De mille cascades bruyantes
Les ondes écumantes
Présentent à mes sens ravis
Les scènes les plus imposantes.

Dans l'enfoncement du vallon ,
Sous une roche sourcilleuse,
Je découvre l'antre profond
D'où jaillit à grands flots cette source orgueilleuse ,
Depuis Pétrarque si fameuse ,
Que du favori d'Apollon
Chanta plus d'une fois la lyre harmonieuse.

Un monument s'offre à mes yeux :
J'approche, ô surprise nouvelle !
Pétrarque en est l'objet : sa mémoire immortelle
Est consacrée en ces beaux lieux.

De respect mon âme est saisie :
Je contemple ce monument ,
Que devaient élever les juges du talent
Au père de la poésie.

Mais pouvais-je long-temps occuper mon esprit
De l'immortel amant de Laure ,
Sans penser à celle qu'il prit
Pour l'objet de ses chants ? L'écho répète encore
Ce nom si cher à chaque page écrit,
On se sent entraîné par un charme invincible :
Tout , dans ce sauvage séjour,
Semble encore inspirer l'amour ;
Tout y parle à l'âme sensible.

A l'amant le plus tendre on accorde des pleurs ;
Dans un délicieux délire ,
On croit encore de sa lyre
Entendre les sons enchanteurs.

De la plus douce rêverie
J'éprouvais le charme puissant ;
Et déjà mon âme attendrie
Trouvait cet état ravissant.

Soudain une ombre, environnée
Des neuf Muses de l'Hélicon,
S'offre à mes yeux. Sa tête est couronnée
Du laurier chéri d'Apollon.

Sur son visage est peinte la tristesse ;
Mais on y voit encor respirer la tendresse.
L'ombre s'avance ; et j'entends une voix,
Douce et languissante à la fois,
Prononcer ces accens bien faits pour me surprendre :

« Je suis ce Pétrarque si tendre,
» Si constant et si malheureux.
» A Laure j'adressai mes vœux ;
» Et Laure de m'aimer sut toujours se défendre.
» Ce sauvage vallon fut long-temps le témoin
» De mon amour, de mon martyre :
» Chanter pour moi fut un besoin ;
» A chanter mes tourmens je consacrai ma lyre.
» Dans mes Sonnets, dans mes Chansons,
» Je célébrai Laure et Vaucluse :
» Vaucluse était pour moi le plus beau des vallons,
» Laure fut ma dixième Muse.
» Mes vers furent goûtés ; j'ai toujours des lecteurs :
» On s'attendrit sur mes malheurs ;
» Je les dus à l'amour, et je leur dois ma gloire.
» J'ai vu tout récemment
» Élever en ces lieux ce simple monument,
» Pour éterniser ma mémoire.
» Une Société,
» Qui s'illustra dès sa naissance,

» Me rendit cet hommage ; et j'en fus trop flatté ,

» Pour oublier ses droits à ma reconnaissance.

» Sa gloire est l'objet de mes vœux ;

» Et dans les premiers temps ses efforts généreux

» Firent ma douce jouissance.

» Mais comme tout paraît changé !

» Une profonde léthargie

» Semble enchaîner le talent, le génie ;

» Et mon cœur en est affligé. » ——

—— « Console-toi , dis-je à l'ombre sacrée ,

» Ce sommeil trop long va finir ;

» Et nous verrons encor cette belle contrée

» S'illustrer par ton souvenir.

» A peine entré dans la carrière ,

» L'Athénée, il est vrai, semble s'être endormi :

» Mais un mortel , des Arts et des Lettres ami ,

» Lui rendra son ardeur et sa gloire première.

» Justifiant en tout le choix

» Que fit de lui le Héros de la France ,

» Par ses soins paternels , et par sa bienfaisance ,

» A notre amour déjà ce mortel a des droits :

» Chacun ouvre son cœur à la douce espérance ;

» Et STASSART est béni d'une commune voix. » ——

—— « STASSART !.... quel nom a frappé mon oreille,

» Dit l'ombre, en rayonnant de joie et de plaisir !

» A ce nom seul , mon espoir se réveille ,

» Et je vois combler mon désir.

» Pour STASSART , je le sais, mes vers ont quelques charmes ,

» Ils ne lui sont point étrangers :

» Lui-même dignement peut chanter les bergers ,

» Et peindre de l'amour les mortelles alarmes.

» J'attends tout de STASSART ;

» Par ses soins, je verrai de nouveau l'Athénée

» Sur lui du dieu du Pinde attirer un regard ,
» Et mériter la place aux talens destinée.

  » Vaucluse entendra de nouveau
  » Retentir des chants dignes d'elle ;
  » Et jusqu'au fond de mon tombeau
» Résonnera le nom de ma Laure immortelle ».

  Ainsi parla ce tendre amant.
   J'allais répondre encore ;
Mais soudain je m'éveille. Adieu l'amant de Laure ,
 Et les neuf Sœurs , et mon songe charmant.

  Néanmoins , qu'on n'aille pas rire
  De mon étrange vision ;
  Ce n'est point une illusion ,
  Fruit d'un poétique délire.
Le songe a disparu ; mais la réalité
S'offre dans ce moment à mon âme étonnée :
  Stassart préside l'Athénée ,
Et mon songe devient la pure vérité.

Après M. Barthélemy *, M.* Morel *, Secrétaire
perpétuel de l'Athénée , a récité la pièce suivante :*

ÉPITRE.

———

Être utile aux humains , c'est la première loi :
De nos instans trop courts c'est le plus digne emploi.
 Quand de l'Être incréé la parole féconde
Eut du sein du néant fait éclore le Monde ,
Dieu voulut , aux objets soumis à son pouvoir ,
Assigner une tâche , imposer un devoir.

Ainsi l'astre du jour , élancé dans l'espace ,
Peint de mille couleurs l'univers qu'il embrasse ,
Et de son char brillant , des heures escorté ,
Fait descendre la vie et la fécondité.
Tout cède à cet exemple , et tout suit ce modèle.
A ce commun devoir un être est-il rebelle ?
De ses autres sujets l'homme invoque l'appui ,
Et par droit de conquête , il règne enfin sur lui.
Voyez tous ces métaux arrachés de la mine ,
Se plier aux besoins du roi qui les domine :
L'un par l'autre vaincus , voyez-les , tour-à-tour ,
S'armer pour sa défense , ou parer son séjour.

Et quand pour lui complaire , il faut que tout s'unisse ;
Quand tout sert son plaisir ou même son caprice ;
Que dis-je ? autour de lui , quand Chefs et Magistrats ,
Pour protéger sa vie arment cent mille bras ;
Qu'un commerçant hardi , par un heureux échange ,
Lui porte les tributs et du Nil et du Gange ;
Quand des arts bienfaiteurs , durant son long sommeil ,
Veillant et travaillant pour charmer son réveil ,
Ravissent tous ses sens , et que leurs mains divines
Du sol qu'il doit fouler écartent les épines ;
Tous les êtres divers , à lui plaire assidus ,
Lui donneraient toujours des exemples perdus !
Il recevra toujours sans que jamais il donne !

N'aimer rien , c'est bientôt n'être aimé de personne.
Refuser son tribut à la société ,
Des citoyens entre eux c'est rompre le traité.
Les secours mutuels en sont la seule clause ,
Et sur elle à jamais le monde entier repose.
Que chaque être , à son gré , lassé de ce concours ,
A l'être son voisin refuse son secours ,
Tous ainsi délaissés se détachent et roulent ,

Et les mondes brisés sur les mondes s'écroulent.

   L'homme oisif est cette eau qui croupit et qui dort.
Sa vie est un sommeil ou plutôt une mort.
Dans la grande action chacun doit prendre un rôle.
Et malheur au mortel que l'égoïsme isole ;
Qui de tout se fait centre, et ne songeant qu'à lui,
Parasite effronté, vit au banquet d'autrui !
En lui, je ne puis voir qu'un hors-d'œuvre stérile,
Sur le corps social excroissance inutile, ,
Ombre vaine d'un homme, être hors de saison,
Et qui choque la vue autant que la raison.

   STASSART, ce n'est point toi qu'engourdit la paresse ;
Que sur un lit oiseux vient bercer la mollesse ;
Ou qu'en ses nœuds fleuris l'amour tient enchaîné.
Au sein du tourbillon par tes soins gouverné,
Ton esprit du repos semble ignorer l'usage.
D'un Roi qui te chérit noble et touchante image,
Tu réfléchis l'éclat de son trône immortel,
Et tu fais adorer son règne paternel.
Qui peut de ton travail limiter la durée ?
De la soif d'être utile, oui, ton âme altérée,
Dans ses déguisemens, protée ingénieux,
Sait donner aux bienfaits cent formes, à nos yeux.
Telle, aux champs de Vaucluse, une eau vive s'élance ;
Partout avec ses flots circule l'abondance :
De fruits délicieux elle enrichit ses bords ;
Des arts, fils du besoin, fait mouvoir les ressorts ;
A la fleur languissante elle porte la vie ;
Allongée en canal, en bassin arrondie,
Elle avive un parterre, embellit un jardin,
Puis, aux jours d'allégresse, elle monte, et soudain
En gerbes de cristal, en cascades brillantes,
Elle étale au soleil ses perles bondissantes.

Mais d'un si noble soin quel que soit le succès ,
Des plus sages penchans évitons les excès.
Cet amour du travail pour toi si plein de charme ,
En nous comblant de biens , te mine et nous alarme.
STASSART , pour l'affaiblir , divise cette ardeur :
Des Nymphes d'Hélicon le commerce enchanteur ,
Aux jours de ton printemps , fut ta plus douce étude.
Oublier leurs faveurs serait ingratitude.

Reviens , la lyre en main , sur le double côteau ;
Reviens , et déposant les rides du bureau ,
Multiplie à nos yeux ces pages immortelles
Qu'un titre trop modeste appela *Bagatelles.*
Fais , revenu chez toi , des bosquets d'Apollon ,
De tes éclairs d'esprit rayonner ton salon.
Le bon rire appartient au régime du sage ;
Ose le déployer : tu connois cet adage :
L'arc se brise à la fin quand il est trop tendu.
Par ces jeux innocens , à sa force rendu ,
Le cerveau rajeuni sent ranimer sa fibre ,
Et l'esprit retrempé prend un essor plus libre.
Que ton zèle moins vif nous rende plus contens.
STASSART , travaille moins pour travailler long-temps.

Mais quel est sur ce point le vœu de la nature ?
Du travail , du repos qui traça la mesure ?
Sur ce cas important Sénèque nous instruit :
Le Créateur , dit-il , fit le jour et la nuit.

A M. MOREL *a succédé M.* CRIVELLI *, qui a dit ,*
en s'adressant à M. le Président :

ÉPITRE.

Il fut un temps, où ma Muse timide
Rimait par fois une tendre chanson ;
Ce temps a fui comme l'éclair rapide,
Il a fait place à la triste raison.
Aux doux plaisirs, à l'aimable folie,
　　Trop tôt succèdent les soucis ;
Et l'homme à peine a goûté de la vie,
　　Qu'il est dévoré des ennuis.
Elles ont fui ces heures fortunées
Où tout comblait mes renaissans désirs ;
Elles ont fui ces heureuses journées
Où les ris et les jeux occupaient mes loisirs.
Comme l'on voit des vapeurs passagères
Se dissiper au souffle du zéphyr ;
Telles j'ai vu mes aimables chimères
　　S'échapper et s'évanouir.
　　Du voluptueux Épicure
　　Je suivais alors les leçons ;
　　Je savourais ses doux poisons,
Méprisant les plaisirs de la simple nature.....
Confiant l'avenir à l'aveugle hasard,
　　Vivant sans règle et sans méthode,
　　Je n'étudiais d'autre code
　　Que celui du gentil Bernard.
　　Les vers du chantre de Lesbie,
　　Ceux de l'amante de Phaon,
　　Fesaient le charme de ma vie ;
　　Et le joyeux Anacréon,

Boufflers , Berlin , l'amant d'Éléonore ,
Chaulieu , Bernis , et puis Ovide encore ,
Étaient les graves précepteurs
Qui formaient mon esprit et façonnaient mes mœurs.
Tout change avec le temps..... La fougueuse jeunesse ,
En proie au feu des passions ,
Dédaigne les leçons de l'austère sagesse,
Et se repait d'illusions.
Mais bientôt la folle chimère
Cède l'empire à la réalité ;
Au mortel long-temps abusé
Minerve ouvre une autre carrière :
Las de gémir dans la poussière ,
Et de trainer des fers honteux ,
Il ose enfin jouir de la lumière ;
Il devient homme en devenant heureux.
Tout entier à l'étude , à mes vœux , à moi-même ,
J'ai connu , mais trop tard , l'auguste vérité ;
De mes premiers plaisirs j'ai vu la vanité ;
J'ai fondé mon bonheur sur un autre système.
Aux devoirs les plus doux consacrant mes loisirs ,
Mon cœur a reconnu qu'il est d'autres plaisirs
Dont la source abondante est à la fois plus pure ;
Ces plaisirs, je les puise au sein de la nature.
Une épouse chérie et mes jeunes enfans
Soulagent mes travaux par leurs soins caressans :
Des lectures attendrissantes
Font couler doucement nos pleurs ;
De Berquin les scènes touchantes
Charment nos esprits et nos cœurs.
Florian , dans ses pastorales ,
Nous dit les délices des champs ;
Par ses tableaux intéressans ,

Gessner nous fait aimer les mœurs patriarcales.

    Dans tes écrits, docte STASSART,

Nous puisons des vertus le précepte et l'exemple ;

Généreux, bienfaisant, ton cœur en est le temple ;

Tu sais les célébrer sans les secours de l'art.

    Dans une modeste idylle,

Il te sied de chanter leur empire puissant ;

    Et le doux charme de ton stile

    Leur prête un nouvel ornement.

    A la piété filiale

    Tu rends des hommages flatteurs ;

    De la tendresse conjugale

    Tu sais deviner les douceurs.

De l'amour paternel tu peins les jouissances

    Dans tes aimables récits ;

Et tu sais nous montrer dans ses tendres soucis

    Le charme de ses espérances.

De l'amitié trahie exprimant les douleurs,

Tu les fais éclater en plaintes généreuses.

Tes héros sont exempts des passions haineuses,

Et leurs traits sont empreints des plus douces couleurs....

Tes aimables pinceaux retracent à nos yeux

Des consolations la céleste influence,

Les charmes attachés à la reconnaissance,

Et le bonheur qu'on goûte à faire des heureux :

    Ce bonheur dont la soif dévore

    Ton cœur prodigue de bienfaits,

Dont à chaque moment tu veux jouir encore

    Sans t'en rassasier jamais....

Vaucluse fortuné, berceau de mon enfance,

De tes maux loin de toi l'odieux souvenir !

DE STASSART te gouverne, et déjà l'espérance

Découvre à mes regards un riant avenir.

M. ESTRATAT *avait composé , pour cette séance ,
une Eglogue que sa modestie lui fit supprimer. Il
s'est rendu depuis à nos sollicitations , et nous allons
mettre son poëme sous les yeux du Lecteur.*

ÉGLOGUE.

Assis près d'un ruisseau dont l'onde claire et pure
Fuyait en murmurant à travers la verdure,
Amyntas accablé du plus mortel ennui,
Laissait ses chers moutons, aussi tristes que lui,
Errer à l'aventure au fond de cette plaine ;
Ces bois, ces prés, son chien, tout souffrait de sa peine ;
Sa flûte était muette ; et son doux chalumeau
Sous ses doigts agité ne charmait plus l'écho.
Quand tout à coup, un bruit vient frapper son oreille.
Amyntas à l'instant dans le trouble s'éveille ;
Il s'approche ; il entend Tircis qui, sur ces bords,
Exprimait par ces chants ses amoureux transports :
« O jours trois fois heureux, où nos champs voient paraître
Le plus cher des pasteurs, le plus digne de l'être.
Le plus grand des Héros, l'accordant à nos vœux,
Va fixer le bonheur en ces aimables lieux.
Tout nous semble annoncer la saison désirée
Qui brillait sous les lois de Saturne et de Rhée.
Ah ! verrions-nous encor ce bel âge où les dieux
Moins touchés de l'éclat de l'empire des cieux,
Choisissant parmi nous un nouveau sanctuaire,
Dans nos humbles hameaux paroissaient se complaire,
Et fesaient aux mortels, dans les champs et les bois,

Par leur exemple même, aimer leurs justes lois!
Agneaux, tendres agneaux, et vous brebis chéries !
Ces plaines, ces côteaux seront vos bergeries.
Errez dans le lointain ; sans crainte écartez-vous :
A l'aspect de Damon, j'ai vu fuir tous les loups.
Respectez ce pasteur ; disparaissez, orages ;
Fuyez, transportez-vous en des climats sauvages ;
Que le tendre Zéphyr seul caresse nos champs,
Et de l'aimable Flore anime les présens.
Côteaux, qui n'offriez plus qu'une herbe languissante,
Et vous, fleurs, qui penchiez une tige mourante,
Reprenez aujourd'hui vos plus vives couleurs ;
Aurore ! arrosez-les du tribut de vos pleurs.
Des bords de l'Orient inondés de lumière,
L'astre brillant du jour commençant sa carrière,
Réjouit nos regards de l'éclat le plus pur,
Embellit l'horison d'or, de pourpre, et d'azur.
Bergers de ce hameau, qu'une vive allégresse
Exprime vos transports, peigne votre tendresse !
Combien, pour ce pasteur, à nos dieux immortels
Avons-nous fait de vœux et consacré d'autels !
Damon paraît enfin en ces lieux d'innocence ;
S'il chérit l'heureux bord, témoin de son enfance,
Il n'est pas moins sensible à nos humbles vertus.
Vous, prétendus heureux, esclaves de Plutus,
Qu'au sein des voluptés l'aveugle erreur encense,
Vos trésors enviés, votre vaine opulence,
La pompe qui vous suit, vos plus brillans honneurs,
Non, non, ne valent pas l'éclat simple des fleurs
Que Damon en ce jour fait naître sur ses traces.
La paix et l'amitié qu'accompagnent les Grâces,
Vont fixer parmi nous, par ses soins bienfaisans,
Les biens si précieux d'un éternel printemps.

J'entendrai désormais raconter sans envie
Les destins si vantés des bergers d'Ausonie.
L'astre des cieux peut-il éclairer dans son cours
Des climats plus rians, et des plus heureux jours ?
Qu'à recevoir Damon tout le hameau s'empresse.
Quel don lui ferons-nous digne de sa tendresse ?
Que pouvons-nous ? Hélas ! nous n'avons que des fleurs.
Ce pasteur généreux connaît le prix des cœurs ;
Leurs tendres sentimens, tel sera son partage.
Les dieux mêmes, les dieux jaloux de cet hommage,
Sont peu touchés de l'or dont brillent les autels ;
Leur gloire est de régner sur le cœur des mortels.

La séance est levée.

Pour copie conforme ,

H. MOREL , *Secrétaire perpétuel
de l'Athénée de Vaucluse.*

www.ingramcontent.com/pod-product-compliance
Lightning Source LLC
Chambersburg PA
CBHW060910180626
46818CB00004B/1907